EL BARCO
DE VAPOR

La familia Rimaldi

José Antonio Francés

Ilustraciones de Pablo Tambuscio

fundación sm

**La Fundación SM destina los beneficios
de las empresas SM a programas culturales
y educativos, con especial atención a los
colectivos más desfavorecidos.**

Si quieres saber más sobre los programas
de la Fundación SM, entra en
www.fundacion-sm.org

LITERATURA**SM**•COM

Con recursos sobre poesía en: www.e-sm.net/Rimaldi

Primera edición: septiembre de 2015
Decimoprimera edición: octubre de 2025

Dirección editorial: Berta Márquez
Dirección de arte: Lara Peces

© del texto: José Antonio Francés, 2015
© de las ilustraciones: Pablo Tambuscio, 2015
© Ediciones SM, 2015
    Impresores, 2
    Parque Empresarial Prado del Espino
    28660 Boadilla del Monte (Madrid)
    www.grupo-sm.com

ISBN: 978-84-675-8282-6
Depósito legal: M-23636-2015
Impreso en España / *Printed in Spain*

El papel utilizado para la impresión de este libro
está calificado como papel ecológico y procede de bosques
gestionados de manera sostenible.

Cualquier forma de reproducción, distribución,
comunicación pública o transformación de esta obra
solo puede ser realizada con la autorización de sus titulares,
salvo excepción prevista por la ley. Diríjase a CEDRO
(Centro Español de Derechos Reprográficos, www.cedro.org)
si necesita fotocopiar o escanear algún fragmento de esta obra.

Tanto que agradecer a tanta gente
que ahí va una dedicatoria «tridente»:

A mi familia, Lucía
y mis peques, Julia y Diego,
que me han cambiado el sosiego
por mil golpes de alegría.

> *A mis tías Mari y Maite*
> *y a mi madre, que se fue,*
> *lo mejor de los González,*
> *lo mejor de los Francés.*

A su ingenio, a su chispa, A SU MEMORIA,
a su amor incansable como el mar.
Todo se lo deben, estas historias,
al talento enorme de ELSA AGUIAR.

Con poesía –¡recuerde el secreto!–,
la vida le será más divertida.
Los Rimaldi le dan la bienvenida
con este pisoteado cuarteto.

De los Rimaldi, les pondrá al corriente Genaro Paloalagua, el asistente

Queridísimos amigos,
señoras y caballeros,
a vosotros me dirijo
con grandísimo respeto.
A quienes no me conozcan
enseguida me presento:
soy el viejo mayordomo
–¡más viejo que el hilo negro!–,
mayordomo, mayordomo,
con levita y cuello tieso,
un personaje sacado
del baúl de los recuerdos
(¡al primero que incriminan
si hay un crimen de por medio!),
mas mis señores me llaman
el «asistente doméstico»...
Ya verán que son muy finos
y modernos, ¡muy modernos!
En fin, o sea, el criado,
por decirlo sin complejos,
¡el «pringao» de la casa,
si nos dejamos de cuentos!
Soy Genaro Paloalagua...
Paloalagua y Valditieso.
Si la memoria me alcanza,
si no me falla el recuerdo,
trabajo en esta mansión
desde hace ya mucho tiempo...

Si cuento el servicio en años,
no me caben tantos ceros.
¡Yo ya trabajaba aquí
antes de nacer mi abuelo!
Será mejor que me centre
y me deje de rodeos,
dicen de mí injustamente
¡que me enrollo y exagero!
En fin, servidor venía
a presentar a los miembros
de la familia Rimaldi
ante el público selecto...
Como reza en el escudo
desde muy remotos tiempos:
«Una estirpe de rapsodas:
Rimaldi y Churrigueresco».
Es una noble familia,
de muchísimo abolengo,
una familia... normal
excepto en un solo aspecto,
y es que hablan todos muy raro,
¡hablan con rimas y versos!
Eso ya lo habrán notado,
¡estamos hablando en verso!,
en octosílabos puros,
¡octosílabos perfectos!,
con rima en los versos pares,
(rima asonante, por cierto).
Yo no soy un bicho raro,
ni ahora les tomo el pelo,
es que en esta santa casa

–aquí lo juro y prometo–,
a causa de una costumbre
que viene desde muy lejos,
toda entera, esta familia
habla solamente en verso.
En verso en el desayuno,
en verso para el almuerzo,
en verso para la cena,
¡ay, qué empachera de versos...!
En versos dan los saludos,
y contestan al teléfono,
en verso se escriben notas,
también conversan en verso;
en verso lo dicen todo
¡y así se quedan tan frescos!
Pero son muy buena gente,
todos son buenos, ¡muy buenos!,
desde el abuelo hasta el niño,
ya los irán conociendo...
Haré las presentaciones,
les haré un breve recuento
de la familia completa,
de la familia al completo:
La abuela se llama Rosa
y Rigoberto el abuelo;
la madre es Recayetana
y su marido, Roberto;
el niño Raúl; la niña,
Rosario de los Remedios.
Ocho en total, con el gato
y el holgazán del sabueso.

¡Valiente genealogía,
si parece un carraspeo!
Rosa, Ramón y Rosario,
Recayetana, Roberto:
pronunciar sus nombres juntos
es un gRRuñido de peRRos...
La abuela Rosa es cantante,
una mujer con talento,
entusiasta de la ópera,
vive para sus conciertos...
pero mejor no estar cerca
cuando ensaya un do de pecho.
Su marido es un cachondo,
no se toma nada en serio,
aunque a veces, pobrecillo,
el santo se le va al cielo
y se queda como en blanco:
–¿Pero yo qué estaba haciendo?
Aunque a mí me da que a veces
todo es puro fingimiento,
¡sobre todo si los niños
van a pedirle dinero!
Le llega el turno al marqués
de Rimaldi, don Roberto,
hombre culto y educado,
gentil, amable y discreto...
(¿Y qué quieren que les diga
si es el que paga mi sueldo?).
Es el dueño de una tienda
de muy valiosos objetos;
el hombre es un anticuario,

¡le gusta todo lo viejo...!
(Como me escuche su esposa
voy directo al desempleo...).
Su esposa, Recayetana,
tiene un gran temperamento,
lucha por todas las causas,
aunque no tengan remedio...
Focas, linces y ballenas
le merecen un esfuerzo...
¡Hay que salvar el planeta
antes de que caiga enfermo!
Claro que con sus zapatos
y sus vestidos a juego,
no parte peras con nadie
y tiene su armario lleno.
Pacifismo y maquillaje,
esos son sus mandamientos;
por el día es activista,
y por la noche, modelo:
«Para la lucha –ella afirma–
no es preciso ser un puerco;
las causas son más bonitas
al mejorar nuestro aspecto».
Raúl es el más sensato,
tiene los pies en el suelo
(¡también tiene la cabeza
porque es más corto que un dedo!);
estudia mucho y se esfuerza
en ser un gran cocinero,
¡pero no prueben sus platos
si quieren llegar a viejos!

Y de la niña, ¿qué digo...?
¡Por Dios, Dios mío, qué miedo!,
con esa pinta de gótica
¡es que asusta hasta los muertos...!
Si te la cruzas de noche,
del susto te quedas tieso;
su nombre ya atemoriza:
¡Rosario de los Remedios!
Me quedan solo los bichos...
¡y vaya par de elementos!
El gato está medio loco
y el perro está medio cuerdo;
cuando los dos se pelean,
que no les pille por medio.
Podría contar más cosas,
pero prefiero el silencio.
En fin, me callo, no digan
que me gusta el critiqueo.
Sigan leyendo este libro
y verán que no les miento...

LOS RIMALDI

La familia Rimaldi, alegre y festiva,
posa, en su mansión, para nuestra revista.
Esta familia, tan poeta y artista,
abierto nos ha su casa en exclusiva.
De izquierda a derecha y de arriba abajo:
los abuelos, doña Rosa y Rigoberto,
los marqueses, Recayetana y Roberto,
Remedios y Raúl, un chico muy majo.
Y esas dos pelusas de pelo bastardo
son el perro Ripio y el gato Ricardo.

Nota de prensa en que el marqués desmiente los malvados rumores de la gente

Como marqués de Rimaldi me toca
salir al paso de los chismorreos
y desmentir los rumores tan feos
que corren por ahí, de boca en boca.

Dicen que mi familia está majara
y que todos somos monstruos perversos,
¡y solo por hablar haciendo versos!
¡Ni que eso fuese una cosa tan rara!

Somos normales, sorbemos la sopa
y a veces nos hurgamos con el dedo,
y aunque empleemos sombreros de copa,

¡lo que nos llamen nos importa un bledo...!
Hablar con rimas, ya ves qué problema...
¡Ay, pero si la vida es un poema!

Este es nuestro infalible secreto:
¡ser antiguo no es lo mismo que viejo!
(Y, si nos permite un sabio consejo,
después de leer, ¡recicle el folleto!).

El abuelo nos entretiene con un problemilla que tiene

¿Fue de día o fue de noche?
¿Dónde habré aparcado el coche?
¿Adónde?, se me ha olvidado
porque soy muy despistado...
¡Pero si no tengo coche!

La verdad, seré sincero:
sí, yo tengo la memoria
más revuelta que una noria,
toda llena de agujeros,
¡parecida a un coladero!

De esta desmemoria mía,
mi consorte no se fía...
En el fondo no la culpo,
porque si me encarga un pulpo,
yo le traigo una sandía.

No soy un caso ordinario.
El otro día, al canario
le puse un poco de alpiste,
y al rato vi que el canario
era un cactus... ¡qué despiste!

Una enorme marabunta
de palabras cejijuntas
en la cabeza yo tengo.
Porque si alguien me pregunta,
¡no sé si voy o si vengo!

En la punta de la lengua
siempre tengo un no sé qué,
un no supe, un no sabré
de confusos trabalenguas
de mil cosas que olvidé.

No me sirve de consuelo,
ni tampoco me desvelo,
pero todo se me olvida...
¡Salvo que soy el abuelo
de esta familia querida!

¿Que mi cabeza está... ida?
Yo disfruto de la vida
y el olvido no me asusta
porque lo que no me gusta,
qué curioso, ¡se me olvida!

¿Comer o divagar? ¿Qué es lo primero?
Raúl prefiere pierna de cordero

¿Que quién soy –se preguntan–,
con mi sartén?
Tal vez como soy bajo
¡no me ven bien!

Soy el chef más bajito
de todo el mundo,
y es que más que bajito,
yo soy profundo.

Cuando estoy enfadado
–¡seré bajito!–,
ni siquiera «estoy mosca»:
¡«estoy mosquito»!

Si seré pequeñito,
qué maravilla,
que hago una torta y sale
una tortilla.

El que sea tan bajo
no es nada extraño.
¡Acabo de cumplir
los nueve años!

En casa yo me encargo
de la cocina,
pues si yo no cocino...
¡ay, qué ruina!

Ningún Rimaldi guisa
desde el medievo,
por eso nadie sabe
freír un huevo.

El día que mi madre
hace una cena,
en vez de dar comida,
da más bien... pena.

Dar de comer a todos
no me molesta;
cocinar, para mí,
¡es una fiesta!

Mi hermana siempre dice
que soy idiota
porque en el cole saco
muy malas notas.

Si el examen fuese una
sopa caliente,
entonces sacaría
sobresaliente.

Mi hermanita me dice
que soy un vago,
¡pero bien que se come
lo que preparo!

¿Estudiar o comer,
qué estará antes?
Cocinar para mí
es lo importante.

¿Qué está antes, un sabio
o un cocinero?
¿Estudiar o comer,
qué es lo primero?

Mi hermana vive de...
filosofía,
¡pues que se unte un bocata
de poesía!

El día que me viene
con sus chorradas,
en el plato le sirvo
aire con nada.

Yo creo que en el fondo
es envidiosa,
¡será porque me van
muy bien las cosas!

Soy un chef creativo
e innovador,
¡porque sirvo la sopa
con tenedor!

Me gusta inventar platos
poco comunes:
chocolate y pimientos
con *mousse* de atunes.

Todo el mundo me mira
con cara extraña
porque mezclo las gambas
con las castañas.

También la vez primera
fue un disparate
mezclar los macarrones
con el tomate.

Tal vez causo trastornos
estomacales.
¡La invención tiene daños
colaterales!

No todos los inventos
resultan bien:
para un plato genial
¡hay que hacer cien!

Estoy haciendo un libro
con mis recetas.
¡Qué éxito de ventas
en el planeta!

Tendré dentro de poco
bastante fama.
¡Pronto estaré en la tele
con un programa!

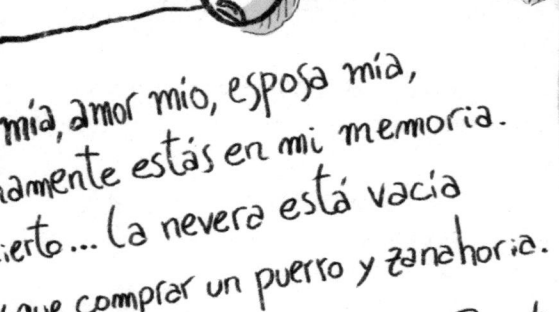

Vida mía, amor mío, esposa mía,
eternamente estás en mi memoria.
Por cierto... La nevera está vacía
y hay que comprar un puerro y zanahoria.

Berto

A las presentaciones se suma el perro, aunque nadie le dé vela en este entierro

Tengo un señorío que no es normal,
una clase, una casta, excepcional.

Como servidor, no hallarán ninguno:
yo soy un noble y rapsoda perruno.

¡Tranquilos, no es una alucinación...!
Soy un perro con mucha formación.

Un perro hablando no es cosa de embrujo,
¿o es que no han visto pelis de dibujos?

Y es que en toda familia que se precie
siempre hallarán un miembro de otra especie.

Soy un can con un enorme intelecto:
ladro en cinco idiomas y seis dialectos.

Yo soy un perro de mucho caché:
a las cinco tomo pastas con té.

Solo en el váter yo me hago pipí,
¡porque me sobra clase y pedigrí!

Para ser un Rilmadi, es requisito
ser refinado y culto y ¡exquisito!

Si seré culto, guapo y refinado,
que todos se hacen un *selfie* a mi lado.

A los que tenemos tanta grandeza
siempre nos puede, un poco, la pereza.

Pero es un defectillo disculpable,
el precio de mi presencia agradable.

Un artista del trabajo está exento,
¡hacer el vago tiene su talento!

Y si el artista es noble y es poeta,
¡se lo merece todo por la jeta!

Lo dice siempre el criado Genaro:
«Versificando eres un caso raro».

Mis versos brillan de fin a principio,
y tal vez por eso me llaman Ripio.

Sí, tengo un gran concepto de mí mismo.
Algunos lo llaman perrocentrismo.

¡Lo que más adoro del mundo es mi ego!
¡No me doy un beso porque no llego!

La chica en estos versos se sincera
de ese amor imposible que se espera

Sé que soy especial,
en mi aspecto, en mi ropa,
en la forma de hablar.

Casi no tengo amigos,
ni los echo de menos
ni me miro el ombligo.

La gente me molesta.
Miro la muchedumbre
y no obtengo respuestas.

Yo paso de la gente
que me mira con odio
porque soy diferente.

Los miro con descaro.
Yo sé que están pensando
que soy un bicho raro.

Mi color es el negro,
porque negra es la vida,
el amor y el recuerdo.

Odio la falsedad,
decir a cada uno
lo que quiere escuchar.

Odio la gente falsa
que ríe por delante
y clava por la espalda.

¡Una verdad sincera!
Defiendo la verdad
le duela a quien le duela.

¿Prefiero la alegría?
La libertad mil veces
con su melancolía.

¿Dónde está la belleza?
En ruinas solitarias
que desprenden tristeza.

En las noches de bruma
palpita el corazón
de las almas oscuras.

Nos llaman desfasados
por amar el amor,
el amor desgraciado.

Mi corazón es fuerte
y el amor triunfará
más allá de la muerte.

Más allá del dolor
espero la llamada
del verdadero amor.

Más allá de este frío,
espero ansiosamente
el amor, amor mío.

**Ripio, en casa, se ha quedado encerrado
y vaya mosqueo que se ha pillado**

La familia Rimaldi tiene guasa
(¡llueve sobre mojado!):
hace un rato se ha marchado de casa
dejándome encerrado.

No sé adónde iban, creo que a un concierto,
pero los muy zopencos
se han ido tan frescos, y eso es lo cierto,
sin llenarme mi cuenco.

Han ido a la ópera, en estampida,
pero eso no es motivo
para marcharse sin dejar comida
dejándome cautivo.

No les hablo desde el resentimiento,
permitan la ironía,
pero es más fácil criticar, no miento,
con la tripa vacía.

¿La familia Rimaldi?, ¡vaya plan!,
¡menuda patulea!,
lo mismo se quieren mucho que están
de bronca y de pelea.

La madre es buena, pero muchas veces
parece una bombilla:
se le funden los plomos y arremete
al primero que pilla.

El padre, una persona encantadora,
aunque un poco impaciente,
y si la comida no está a su hora,
se pone impertinente.

¡La abuela..., por ella estoy malparado,
preso en esta caverna!
Pero más tortura son sus ensayos:
en casa no hay quien duerma.

La niña es más rara que un perro verde,
rara hasta decir basta,
y si se ha enfadado con su noviete,
¡no me saca ni a rastras!

El único que se salva de todos,
sin duda, es el abuelo.
Como se pierde y no está bien del coco,
me da largos paseos.

El niño sí que está hecho un elemento,
mas llegamos a un trato:
si yo me como sus experimentos,
¡deja sin pienso al gato!

Con el gato, qué quieren que les diga,
no cruzo una palabra.
Sospecharán, cuando lean sus rimas,
que está como una cabra.

Ese loco y grandísimo tunante
dice que no soy serio,
¡pues rimo en asonante o consonante
sin el menor criterio!

¡Aunque llevara razón, no me enojo,
¡tal vez no soy perfecto!
Yo busco la perfección en ser flojo,
¡flojo pluscuamperfecto!

De hecho, podría salir al patio,
pues yo sé abrir la puerta,
pero prefiero criticar, tumbado,
y dormirme una siesta.

¿Servirme el pienso? ¡No soy un cualquiera!,
conozco mis derechos...
Todo en la vida merece la espera,
¡si te lo dan todo hecho!

El criado cuenta un extraño episodio en que todo acaba de mil demonios

¡Las cosas que ocurren en esta casa!,
¡fíjense lo que pasó el otro día…!
(No lo cuento por echar leña al fuego,
pues no me gustan las habladurías;
lo cuento solo para que conozcan
las cosas de esta insólita familia).
Eran las ocho y cuarto de la tarde,
y estábamos todos en la cocina,
bocatas arriba, sándwiches abajo,
comiendo rápido cualquier cosilla;
porque esa noche la abuela estrenaba
una ópera como protagonista.
Por toda la ciudad, en mil carteles,
podía verse su fotografía.
Acudirían las autoridades
al Teatro Principal de la Lírica,
y desde hace ya más de un mes estaban
todas las localidades vendidas.
Era un espectáculo muy moderno
que criticaba temas de hoy en día:
la guerra, la televisión, la crisis…
a todos ellos leña repartía.
En fin, antes del acontecimiento,
toda entera la familia comía,
porque estar tres horas en un teatro
es un horror con la tripa vacía.
Así que toda la familia andaba
con los pinchos de chorizo y tortilla,

y entre tanto trajín de bocadillos,
a Raúl el kétchup se le desliza
y al marqués una mancha de tomate,
¡plaf!, se le estampa en la pulcra camisa.
La madre, Recayetana, da un grito:
—¡Por Dios!, ¿dónde te llevo de esta guisa?
¿Qué hacemos ahora, qué horror, qué espanto?
—¡Que no te quedan más camisas limpias!
—No pasa nada –le respondo yo–,
lo quitaremos con agua y lejía...
Se ve que la ropa no era muy buena
(o sea, que la culpa no fue mía),
pues al frotar con el trapo y el agua,
el traje también quedó de penita.
El marqués parecía un mamarracho
con toda la ropa descolorida...
La madre, con el disgusto, subió
al baño con un apretón de tripas,
y después de un concierto de cornetas
(¡que se escuchó al final de la avenida!),
pasó que la cerradura del baño
estaba rota, atascada, ¡no iba...!
La marquesa aporreaba la puerta,
y aunque tiraba bien fuerte, no abría.
(¡Eso suele ocurrir en casas viejas
porque esta casa, de vieja, es la tira!
Es más vieja que andar para adelante,
más vieja que Adán y Eva todavía!).
El marqués acudió con herramientas,
metió las tenazas en la manija
y el picaporte saltó por los aires...

–¡Cáspita, por Tutatis, por tu tía!
En el interior se escuchó un chasquido:
la marquesa, con los nervios, había
enganchado su vestido en el váter,
y al tirar hacia atrás (¡qué puntería!),
chas, se trajo consigo el aparato
y descuajaringó la tubería.
Al momento, la casa se inundó,
por todas partes el agua corría
(¡menos mal que yo llamé a los bomberos,
intuyendo la que se nos venía!).
Entonces Raúl, como un joven héroe,
saltó valiente, arriesgando su vida,
trepó por la fachada de la casa
para entrar veloz por la ventanilla
¡y rescatar a su madre del baño!
y, ya de paso, arreglar la avería...
Pero nada pasó de esta manera,
porque el niño se pegó una caída
que le dejó el tobillo virulé
y la cara, con rasguños y heridas.
La hermana, Remedios, fue a socorrerlo;
como ninguno tenía su día,
resbaló por la escalera, la pobre,
y se estampó contra la barandilla.
(Si la niña da miedo por sí sola,
ni les cuento después de la sangría:
a su lado, con los chichones, era
guapa hasta la niña del exorcista).
El único que no tuvo percance
fue el abuelo porque permanecía

terminando su bocata y su vino,
sentado en la mesa de la cocina.
Los bomberos, al llegar a la casa,
lo pusieron todo patas arriba,
cortaron el agua y, con tres hachazos,
dejaron la puerta del baño lista...
Atendieron a la niña y al niño,
y al padre y la madre les dieron tila...
Y cuando todo regresó a la calma,
miraron el reloj... ¡Qué pesadilla!,
faltaban tan solo siete minutos
y la obra, sin ellos, comenzaría...
¡Menudo disgusto para la abuela,
menudo sofocón se llevaría
si, al descorrer el telón del teatro,
no los encontrase en primera fila...!
Conmovido, el jefe de los bomberos
puso en marcha el plan B, a toda prisa,
y subió en el camión a los Rimaldi
y se echó a la carretera enseguida...
¡Si viesen ese camión de bomberos,
con las sirenas y con las bocinas,
por los semáforos a todo trapo,
con la familia muerta de la risa!
Con tal escándalo se les unieron
dos patrulleros de la policía...
de modo que llegaron al teatro
con la hora justa, ya casi cumplida,
escoltados como celebridades,
¡como no se han visto en otra en su vida!
El camión se paró en la misma puerta,

justo cuando cerraban las taquillas.
Sin perder la clase y el señorío,
se bajaron todos por la escotilla
ante la mirada de los viandantes,
que los observaban con cierta envidia.
El marqués, ataviado con su chándal,
hizo un gesto cortés, de despedida,
y la madre, en pantalones vaqueros,
saludó con la mano, agradecida.
El niño, con el tobillo vendado,
y la hermana, con la mirada «henchida»,
la familia, todos juntos, altivos,
tal y como la ocasión requería,
se dispusieron a entrar al teatro...
¿Y las entradas? ¡No! ¿Quién las tenía?
Con semejante follón y jaleo,
quedaron en el cajón escondidas...
Antes de que el desánimo cundiera,
el abuelo sacó de su mochila
el sobre con las cinco invitaciones...
–*¡Vaya familia! ¡Menuda pandilla!*
Menos mal que vuestro abuelo está en todo...
¿Y yo tengo la cabeza perdida?
Venga ya, vamos a entrar en el cine...
¿Qué peli dan? ¡Yo invito a palomitas!
El estreno de la función fue un éxito,
como la foto que ven lo acredita:
la abuela quedó feliz y contenta
y recibió de todos buenas críticas,
incluidas las de su amado esposo,
al que le agradó mucho... la película.

**Fragmento de la ópera en que Rosa,
como Hada, en el papel principal,
a la televisión deja fatal,
con una interpretación prodigiosa**

Acto II, Escena I

Se abre el telón y aparece una gran pantalla de televisión en un salón de casa, decorado de forma muy convencional. En el centro descansa un sofá. El televisor está encendido, pero sin ningún canal. De pronto, sale en la pantalla Hada Madrina, *que sonríe al público.* Ángel, *un joven de doce años, aparece por un lateral, en pijama, se sienta muy cómodo en el sofá, y con el mando a distancia cambia el canal: un programa de cotilleo.* Hada Madrina *sale por detrás de la pantalla y, en el proscenio, canta al público:*

> Hada: Pasas todo el día delante,
> ella siempre merece más;
> muchas horas no son bastante,
> siempre, siempre pide más.

> Ángel: ¡Mi amor, frente a ti yo estaría
> las veinticuatro horas del día!

Aparece en el fondo un coro de tenores, vestidos de mandos a distancia.

> Coro: ¡Mi amor, frente a ti yo estaría
> las veinticuatro horas del día!

HADA: La contemplas embelesado
y te inclinas ante el altar;
quieres estar siempre a su lado
y solo te falta rezar.
(*ÁNGEL se arrodilla ante la tele y reza*).

ÁNGEL: Te amo y esta es mi oración:
¡yo te adoro, televisión!

CORO: Más que amor, es una pasión:
¡te adoramos, televisión!

HADA: La llamas y viene al instante
con solo apretar un botón.
Todo en ella es alucinante,
un torrente de diversión...

ÁNGEL: Concursos, cine, cotilleo...
¡Me da algo si no la veo!

CORO: Te da algo si no la ves...
y no preguntes los porqués.

HADA: Y vives feliz y contento
en una larguísima infancia.
La gente te importa un pimiento,
tu amor es un mando a distancia.

ÁNGEL: ¡Yo no necesito a la gente,
con una tele es suficiente!

CORO: ¡No necesitas a la gente,
con una tele es suficiente!

HADA: Pero esa fiel enamorada
te deja la mente dormida.
No tienes que pensar en nada
mientras la tengas encendida.

ÁNGEL: ¡A todo le digo que sí!
¡Otros deciden ya por mí!

CORO: ¡A todo le dices que sí!
¡Otros deciden ya por ti!

Se acerca el HADA y se pone detrás de ÁNGEL sin que este la vea, pero la percibe.

ÁNGEL: Cuando la enciendo, su sonrisa
ilumina mi oscuridad.

HADA: Y lo que ella diga va a misa,
lo que ella te diga es verdad.

ÁNGEL: ¿Y para qué voy a pensar
si soy feliz siendo vulgar?

CORO: ¿Y para qué vas a pensar
si eres feliz siendo vulgar?

HADA se acerca hasta el chico y le susurra al oído.

Hada: Mas te sientes vacío, ausente,
rodeado por tu muralla.
Pasaste media vida frente
a una solitaria pantalla.

Ángel: ¡Las cosas que de hacer dejé,
y no sé por qué, no lo sé!

Coro: ¡Cosas que dejaste de hacer,
que no volverás a tener!

Hada: Llegó el momento de apretar
ese botón que dice *off*.
Se escucha un *click,* y al apagar...

Ángel: *Click,* ¡el que me enciendo soy yo!
¡Me siento mal, muy mal, fatal,
me siento como un vegetal!

Coro: ¡Malo, malísimo, fatal:
ser espectador vegetal!

Hada: Es un descarado ladrón:
te roba el tiempo por la cara,
vende una vida de ficción
con una moneda muy cara.

Ángel: ¡No quiero una vida prestada!
¡Yo quiero la tele apagada!

Coro: ¡No quieres la vida prestada!
¡La tele, mejor apagada!

En el canal de televisión aparece una imagen de un jardín donde varios amigos corren y disfrutan jugando. HADA abraza con ternura a ÁNGEL y este la reconoce.

Hada: Leer, pasear con amigos,
hacer deporte, imaginar...

Ángel: Estar conmigo, estar contigo,
sentir, convivir, ser y estar.

Hada: ¡Si apagas la tele enseguida,
verás que se enciende tu vida!

Coro: ¡Si apagas la televisión,
empieza un mundo de emoción!

HADA y ÁNGEL se abrazan emocionados. Se apaga la pantalla del televisor y se inunda de luz el escenario. Se cierra el telón.

Señor profesor, a usted me dirijo
para informarle del fatal esguince
que ha sufrido Raúl Rimaldi, mi hijo,
y que le causa un dolor muy prolijo,
pues la torcedura es del grado quince.

¡El pobre cayó por una ventana!
Le ruego que justifique las faltas
que se prolongarán una semana,
hasta que el doctor le conceda el alta.
Mil gracias. Tenga una buena mañana.

R. Rimaldi

Roberto Rimaldi Churrigueresco,
del 2015, a trece de enero.

Como puede verse y salta a la vista, Recayetana es ultraecologista

Alzo cualquier pancarta
donde pueda expresar mis convicciones;
¡proclamar que estoy harta
y acudir a las manifestaciones!
¡No soy extravagante:
soy una marquesa manifestante!

Soy solo una persona
comprometida con el medio ambiente.
Observa y reflexiona:
por mucho que hagas, es insuficiente.
Cualquier esfuerzo es poco:
actúa... ¡aunque te tilden de loco!

Nos sobran los motivos:
especies en peligro, bosques, mares...
¡Sueña tus objetivos,
persíguelos en todos los lugares!
Si tu alma no palpita,
abre tu alma al que te necesita!

Al viento hay que gritar
las verdades que dicta la razón.
Al viento hay que lanzar
las verdades que sabe el corazón.
Nuestros hijos merecen
ver la vida y los árboles que crecen.

Tendremos la condena
que merecemos si no hacemos nada.
La vida está acabada
si dejamos la Tierra abandonada.
El mundo es una pena
si una desgracia te resulta ajena.

Si quieres un gesto oportuno:
bombillas de bajo consumo.

Lucha por tus ideas.
¡Vale la pena!
Somos una marea
de gente buena.

Recicla
porque la Tierra
lo necesita.

No te dejes mover
como una marioneta.
Hay que arrancar los coches
y sembrar bicicletas.

Remedios es cantante de rap, «Ave Rap-haz», y en este tema muestra todo lo que es capaz

Si el rap es protesta, esto no es un rap.
Estoy cansada, hastiada de criticar por criticar.
Miro alrededor y todo es un continuo lamento,
la economía, la crisis, el paro y un futuro incierto;
no me vengan con cuentos:
¡siempre fueron duros todos los tiempos!
Yo solo me creo las penas que salen de dentro,
    de muy dentro.
Hay quienes protestan mientras les sirven la cena,
mucha pena con la barriga llena, nena.
Yo de nada me quejo ni doy consejos como si fuera
    tu viejo,
si me equivoco no busco culpables en el otro
y tiro adelante con más convencimiento.
De nada me lamento, lo siento,
y siento un profundo descontento
que no encuentra salida más que con estos versos.
No sé qué espero del mundo ni lo que el mundo
    espera de mí;
sí, es así, hermano, no te voy a mentir,
no tengo verdades,
solo tengo dudas de doscientas variedades,
solo puedo compartir mis inmensas soledades.
No sé lo que quiero y lo único que sé
es justo lo que no quiero ser.
No quiero que un cabeza hueca de gimnasio
    me llame muñeca,
ni empeñar mi vida pendiente de una hipoteca.

No quiero un futuro a mi medida ni una vida prestada,
pasar delante del incendio como si no pasara nada.
No quiero un atajo, un trabajo donde caer bajo
    por un techo y comida,
ni un salario extraordinario con un horario
    que te chupe la vida.
Prefiero ser una chica con sentido que una niña
    consentida.
No quiero gente a mi lado que me diga qué guapa soy,
quiero colegas que vengan conmigo sin preguntar
    dónde voy.
No quiero gente que me dé palique y no me replique,
quiero gente que de frente me critique
y la vida me complique por un buen motivo:
para equivocarse basta con estar vivo.
No quiero rebeldes sin causa y con casa grande
    y acomodada
que a las primeras de cambio te dejan en la estacada.
No quiero pastar en la inopia, seguir a la manada,
    rumiar con la pandilla
que cada fin de semana busca el paraíso en una pastilla.
Quiero verdes los pimientos y rojos los tomates,
no quiero amores eternos ni amores que maten.
No quiero matar al padre ni odiar a la madre,
para querer a tus viejos hace falta mucho coraje.
No quiero que las marcas ni los mercados me dicten
    el camino,
no quiero modas sino el modo de ser la dueña
    de mi destino.
No quiero hacer una carrera que tenga mucho futuro,
quiero hacer algo que no me queme y me llene de orgullo.

No te conviertas en un ser contemplativo,
para equivocarse basta con estar vivo.
Haz, haz, haz,
haz de tu vida una verdad,
haz lo que sea pero haz,
haz, haz, haz,
este es mi canto, mi rap de Ave Rap-haz.

Hoy el marqués, don Roberto, confiesa que la informática se le atraviesa

Odio los ordenadores,
¡me declaro su enemigo!
Entenderlos no consigo
ni con dos mil profesores.
Word, Explorer... ¡qué vocablos!,
pues para mí son el diablo.
¡Yo solo me pongo al lado
de un portátil apagado!
Con nosotros, los señores,
no van los ordenadores.

Lo peor de lo peor:
un ordenador.

¿Qué es un *reseteado*?
Enciendo el ordenador
y siento miedo y terror,
pues no encuentro ni el teclado.
Ya no enciendo ni un mechero
porque estoy acomplejado.
¡Un ordenador colgado...
yo lo busco en un perchero!
Con nosotros, los señores,
no van los ordenadores.

Mis penas son mayores
con los ordenadores.

Sí, me va a dar un telele;
yo pensaba que un «programa»
es lo que veo en la tele
antes de irme a la cama.
«¡Guárdalo en el disco duro!».
«¡Copia el fichero informático!».
Dios mío, yo te lo juro,
¡es un léxico enigmático!
Con nosotros, los señores,
no van los ordenadores.

Lo peor de lo peor:
un ordenador.

Con nosotros, los señores,
no van los ordenadores.
Control equis, control Alt,
enter, input, copy paste...
¡Qué cansancio, qué desgaste!
¡Vaya léxico infernal!
Entre *spam* y *firewall*,
¡yo me rindo, jaque mate!
Soy un tonto de remate,
¡soy un tonto digital!

Peor que un ordenador
son dos.

Es que soy una antigualla,
pues cuando pulso un botón
le sucede una explosión
¡y se borra la pantalla!
¡Esta máquina es canalla!
¡Y es que el mundo es tan injusto
que no gano para sustos!
Con cualquier tecla que aprieto
llega un desastre completo,
¡y un grandísimo disgusto!

Lo peor de lo peor:
un ordenador.

Este mundillo da miedo,
todo me resulta extraño,
y qué mal me las apaño
(¡pues tecleo con un dedo!).
Yo no sé qué es el cursor,
no sé guardar un archivo,
un ratón, ¿no es un ser vivo?
¡Al cuerno el computador!
Con nosotros, los señores,
no van los ordenadores.

Peor que un ordenador:
un ordenador y yo.

Con nosotros, los señores,
no van los ordenadores.
Internet es un misterio,
ni siquiera tiene mar
y se puede navegar...
¡De verdad, lo digo en serio!
Internet no me motiva:
no hay páginas de papel,
pues ya son interactivas
y además se llaman web.

Lo peor de lo peor:
un ordenador.

Mi hijo, Raúl, me decía
que lo tome con paciencia,
pues todo tiene su ciencia
y nadie aprende en un día.
Remeditos siempre insiste
que me suelte la coleta,
y si tengo algún despiste:
¡control zeta, control zeta!
Con nosotros, los señores,
no van los ordenadores.

Pues esta es la charla que los ilustres marqueses mantuvieron con mensajes de SMS

Pues a mí, ¡no te lo pierdas!,
me dieron un foie de pato
¡más rasposo que un zapato!
¡Una verdadera m...!

¡Ay, cualquiera que me escuche!
¡Doy mi vida por un fiambre...!
Porque es que tengo más hambre
que un piojo en un peluche.

¿Y Reme, con sus agobios?
Creo que estaba enfadada
por alguna chiquillada
que ha tenido con el novio.

Remedios está en su cuarto.
Tras cenar, se fue pitando;
creo que está chateando.
La verdad, me tiene harto.

Siempre va con cara larga;
está siempre descontenta.
Le da igual ocho que ochenta,
¡y vaya frescas que larga!

Yo quiero algo más que medio ambiente: ¡Yo quiero el ambiente entero!

El gato da la brasa maullando en una tapia, los vecinos le tiran piedras como terapia

Soy un famoso poeta gatuno,
antes del tres va el dos y luego el uno.
Compongo mis versos con mucho ahínco,
después del tres va el cuatro y luego el cinco.
Me encantan las rimas disparatadas,
¿por qué un gato de yeso no ve nada?
Unos me tachan de poeta absurdo,
¿porque escribo con la diestra y soy zurdo?
Ya ha pasado rozando, y no es rareza,
una piedra cerca de mi cabeza.
Yo vengo a cantar versos a la luna
y, a alguna gente, esto le importuna.
Por eso, cuando empiezo con mis rimas,
me pasan proyectiles por encima.
Y si maúllo poemas de amores,
las piedras son todavía mayores.
Mi vida es un cómo y un qué y un cuándo,
mientras los pedruscos pasan silbando.
Una vez, un tiro me dio en la chota
y quedé enamorado cual idiota.
La bella gata apareció en mis sueños,
le agradezco la pedrada a su dueño.
Dulces son las almas enamoradas,
la senda del amor tengo empedrada.
Desde entonces no carburo muy bien:
pedradas y amor nos ponen a cien.
Me gustan las rimas estrafalarias:
¡la vieja con centeno es centenaria!

Gato prevenido vale por dos
si toma jarabe para la tos.
Soy un gato inconsistente y demente...
¡A mí no me miren! Soy inocente.
En esta casa nadie me echa cuenta,
dos veces veinticinco son cincuenta.
Yo dudo de las más grandes certezas:
mis amos andan mal de la cabeza.
El gato endecasílabo ha llegado,
lo busco y siempre lo encuentro a mi lado.
A, be, ce, de, efe, ge, hache y jota...
¿Por qué será que estoy como una chota?
Tenía que haberlo advertido antes:
el perro de esta casa es un tunante.
Y me mira por encima del hombro.
Solo de sus versos malos me asombro.
No sé si lo que digo les concuerda:
este perro es más flojo que una cuerda.
Ka, ele, eme, ene, eñe y o,
gata, nadie te querrá como yo.
¿Pero qué es la vida? No somos nada,
y menos si me dan otra pedrada.
La vida es sueño y los sueños son
una gatita de melocotón.
Ay, mi pena, dulce luna de enero,
blanca luna, negra gata, te quiero.
li senso me amisa desbarosí
sifrido siasenta un susparsí.
Vuelvo a casa, y no a limpiarme la sangre,
pues las pedradas me dan mucha hambre.
Me encantan las rimas disparatadas:
soy un genio, muchas gracias, de nada.

El criado, al hablar, tiene un percance, y se disculpa con este romance

A veces con el marqués,
aunque no quiera, discrepo,
porque utilizo palabras
que le faltan al respeto.
Por ejemplo si le digo:
–*Señor, póngase el sombrero
al salir porque hace un frío
que congela hasta los cuernos...*
El marqués me mira airado:
–*¡Genaro, por Dios!, ¿qué ejemplo
le estarás dando a los niños...?
Ay, vigíleme ese léxico,
que las palabras procaces
turban el temperamento.*
¡Metí de nuevo la pata!
–*Lo siento, perdón, lo siento...*
–respondo muy apurado–,
*tuve un desliz pasajero,
prometo no repetir
semejante desafuero...*
El marqués queda tranquilo,
mas solo dura un momento,
porque a los pocos minutos
meto la pata de nuevo
con alguna exclamación:
–*¡Recórcholis y retruécanos,
cáspita, caray, caramba,
si es que no tengo remedio!*

Lo digo sin darme cuenta,
no era tal mi pensamiento;
estoy charlando y de pronto
se me ha escapado un «pimientos»...
La verdad, en este caso
el ejemplo no es muy bueno
(«pimientos» dicen los niños
y no se les cae el pelo...).
Debo confesar que a veces
mis deslices son horrendos,
porque utilizo expresiones
del mundo barriobajero...
Pero lo hago sin querer,
yo lo juro por mis... huertos.
¡Pero qué he dicho, perdonen!,
si seré burro y mostrenco...
Dije «huertos», ¡qué vulgar,
qué lenguaje más rastrero!
¡Qué malsonantes palabros
como pedetes me pego!
Disculpen si de mi boca
salen centellas y truenos,
barbaridades inmundas
más propias de un carretero.
Mi problema es que no logro
ocultar que soy de pueblo.
Muy a mi pesar, lo admito:
me gusta el lenguaje feo,
me gustan las expresiones
que remueven los cimientos;
decir «me cago en la mar»,

«eres más tonto que un peo»,
y «no eres más tonto porque
no tienes entrenamiento».
Las digo desde el cariño,
con el máximo respeto...
Hay que saber emplearlas
en su adecuado momento,
cuando estás con los amigos,
cuando estás de esparcimiento,
pues cada forma de hablar,
como ven, tiene su tiempo.
(Y, de ponerme finolis,
hubiese dicho «contexto»).
El lenguaje coloquial
es expresivo y certero,
y si está bien empleado,
¡la monda del limonero!
Ay, si el marqués me escuchara,
peligraría mi empleo.
En fin, acabo y perdonen,
prometo comedimiento,
les juro que hasta el final
de este puñado de versos
usaré palabras nobles
y muy delicados verbos,
sustantivos elevados
y refinados adverbios
para oídos exquisitos.
Hablaré, pues, con criterio.
Yo lo juro por Cervantes,
¡y que se mueran los feos!

Ripio ha cambiado en Facebook su foto del perfil, y también da consejos que es mejor no seguir

Ripio
1h

I

Quienes piensan que el trabajo
es un regalo del cielo,
¡que trabajen a destajo!
No les privo del consuelo:
mi trabajo, ¡para ellos!

Me gusta - Comentar - Compartir

Ripio
30 min

II

Es de sabios trabajar
y al espíritu da calma;
es el remedio del alma:
laborar y laborar...
Me falta sabiduría
porque mi alma está calmada
con una buena almohada
durmiendo hasta el mediodía.

Me gusta - Comentar - Compartir

Ripio
10 min -

III

Como todo perro, soy holgazán:
¡mi lugar preferido es el canasto
y para dormir nunca doy abasto...!
¡Pueden suscribirse a mi club de fans!

Soy un poquito penco, lo confieso,
¡todo el día tirado a la bartola!
¡Y miente el que diga que eso no mola!
¿Cuándo han visto trabajar a un sabueso?

El buen vago nunca busca remedio;
si te llaman, ¡nunca estás disponible!;
¡y trabajar menos siempre es posible!

¡Siempre es posible quitarse de en medio!
Si vacilas, ¿lo hago o no lo hago?,
¡entonces no eres un perfecto vago!

Me gusta - Comentar - Compartir

El niño nos revela la receta infalible
para espantar visitas del todo aborrecibles

¡Oído cocina! Peguen la oreja,
que les daré una receta crujiente
para realizar la tarta de almejas.
Apunten los siguientes ingredientes:
mantequilla, levadura y lentejas,
huevos, harina, almejas y aguardiente,
y cualquier cosa que se les ocurra
(pongamos por caso, ¡leche de burra!).

Se ponen la levadura y la harina
en una olla tamaño gigante,
se bate con una cuchara fina
con todo lo que pilles por delante.
Remueve hasta formar una resina
con todos los ingredientes sobrantes.
Por último se añaden las almejas,
y las cáscaras, si quieres, las dejas.

Después, semejante batiburrillo
se machaca bien en la batidora,
y luego se rellena de membrillo
y se mete al horno al menos tres horas.
Cuando el bizcocho parezca un ladrillo,
puede servirse adornado con moras.
Tomar con guarnición de remolacha,
y si está duro, partir con un hacha.

Para perder apetito voraz,
y ponerse a dieta y no comer nada,
esta receta es la mar de eficaz...
También las visitas inesperadas
salen huyendo y te dejan en paz.
Esta receta está patrocinada
por... (¡a ver si lo adivinan sin pistas!)
¡el ilustre colegio de dentistas!

**Al llegar la noche de los difuntos,
que los nórdicos llaman de Halloween,
Remedios da una fiesta en el jardín
en la que relata un extraño asunto**

Os he convocado, amigos,
en la noche de los muertos,
para recordar las almas
de aquellos que se nos fueron...

Porque esta vida es fugaz
y cruel como una tormenta.
También nosotros, un día,
seremos polvo en la tierra.

La noche se ha conjurado
de oscuras nubes siniestras,
con relámpagos y rayos
de una inquietante belleza.

Los truenos son esa voz,
son las sombrías palabras,
que vienen desde otro mundo,
con que los muertos nos hablan.

Acercaos a la hoguera
y cogeos de las manos;
voy a contar una historia
de un amor muy desgraciado.

Todo ocurrió en esta casa,
mucho mucho tiempo atrás,
a gente como nosotros
que entre nosotros no están.

Como en todos los relatos,
la vida es un sinvivir...
Oíd, escuchad atentos,
la historia comienza así:

«La luz se apaga. Está oscuro.
La noche llora un silbido.
El viento da en la ventana
con un tremebundo aullido.

»Suena un trueno, allá a lo lejos,
como un profundo lamento.
Las sombras de la pared
se iluminan un momento.

»Chillan todas las bisagras
espantadas por el viento,
y un frío desapacible
derrama su triste aliento.

»Noche oscura de tormentas,
estoy en mi cuarto, sola.
Y en el salón de la casa
suena una vieja pianola.

»Abro la puerta despacio.
Noto que el aire me falta.
Las tristes notas difuntas
desde el silencio me asaltan.

»Avanzo a oscuras, descalza,
con un temblor contenido.
Y la madera del suelo
responde con un crujido.

»"¡Basta, nada hay que temer!",
en vano yo me repito,
y bajo las escaleras
paso a paso, despacito...

»La habitación queda muda,
absorta, sin voluntad.
Todo está quieto y en sombra,
sumido en la oscuridad.

»El piano mira callado,
tiene la tapa cerrada.
En sus viejas teclas duerme
una música olvidada.

»Toco una nota y escucho
la vibración de la cuerda...
Una canción de otro tiempo
que nadie, nadie, recuerda.

»Mis dedos ya corretean
entre las teclas nerviosas.
La música se apodera
de la habitación brumosa.

»Es la canción de un amor
puro, imposible, sincero.
"Te amo", dicen las teclas,
"te amo, mi amor, te quiero".

»Cierro los ojos y veo
un leve rumor de besos.
El chico mira a su amada
con tiernos ojos traviesos.

»Él le regala un anillo
y sus ojos se iluminan.
Pero las teclas del piano
un instante desafinan...

»De repente, aquel disparo
inunda la habitación...
La música se interrumpe
y solo se oye el dolor...

»Abro los ojos y veo
esta habitación sombría.
Regreso a mi cama y lloro
bajo las sábanas frías.

»A la mañana siguiente,
el cielo está despejado.
El campo, verde y alegre,
suspira de enamorado.

»Y nadie en el desayuno
hace ningún comentario.
Anoche no pasó nada
que salga de lo ordinario.

»Y sin embargo mi padre,
sin aparente motivo,
cuenta a todos la leyenda
de los amantes furtivos.

»Dos enamorados jóvenes
y dos padres enfrentados.
Besos secretos, amores
y un final desesperado.

»El padre de la muchacha
ese amor nunca aceptó
y, arrastrado por el odio,
la venganza preparó.

»Una tarde en que su hija
en el bosque se adentraba,
la siguió, pistola en mano,
y encontró cuanto esperaba.

»Y mientras los dos amantes
en un beso se fundían,
el padre soltó un disparo
que quebró la luz del día.

»En el rostro de la joven
se dibujaba el horror.
Por un reguero de muerte
se desangraba su amor.

»El joven murió en sus brazos
desangrado por la herida.
Y en un profundo silencio
la chica quedó sumida.

»Quedó muda para siempre,
con la mirada perdida,
absorta en sus pensamientos,
así vivió, muerta en vida.

»A la pena y al silencio
la muchacha se rindió,
y en el resto de su vida
de allí jamás regresó.

»Arrepentido, su padre,
a su hija pidió perdón...
Una tras otra, mil veces,
con silencio respondió.

»Al caer la luz del día,
al llegar la medianoche,
la pianola respondía
con un tétrico reproche.

»Aquella canción maldita
cada noche regresaba.
Sin que nadie las tocase,
las teclas amor lloraban.

»El padre, desesperado,
puso fin a su dolor.
Y en el fondo de un estanque,
el silencio lo arropó.

»De la joven, aquel día,
nunca más se supo nada.
Se esfumó sin dejar rastro,
como niebla en la mañana.

»Pero cuenta la leyenda
que su alma es la de un viejo
piano triste y arruinado
que canta un dolor eterno.

»Si al llegar la medianoche,
lejano, oís un disparo,
es el eco fantasmal
de un relato desgraciado.

»Si al llegar la medianoche
escucháis sonar un piano,
es un eterno lamento
que llora desde el pasado».

El abuelo está a dieta tras un chequeo y a su médico escribe con pitorreo

Queridísimo doctor:
No me haga usted la puñeta,
se lo pido por favor,
y quíteme de hacer dieta.
Soy una persona llana:
¡no quiero comida sana!

¿Una lechuga pelada,
insulsa, triste y mondada?
Prefiero una parrillada
de chuletitas serranas.

Prefiero, para mañana,
dejar la comida sana.

¿La lechuga con tomate?
Yo me pongo hasta el gaznate
de helado de chocolate
y crocanti de avellana.

Prefiero, para mañana,
dejar la comida sana.

¿Un plato de berenjenas?
Tal vez no valga la pena
si me sirven en la cena
una crema catalana.

*Prefiero, para mañana,
dejar la comida sana.*

¡Que no me den la paliza
con verduras y hortalizas!
Yo comiendo longanizas
puedo estar varias semanas.

*Prefiero, para mañana,
dejar la comida sana.*

Si a usted, doctor, hago caso,
«nada de alimentos grasos»,
parezco un triste payaso
con cara de palangana.

*Prefiero, para mañana,
dejar la comida sana.*

Qué pena la gente obesa
que no puede ante la mesa
¡festejar una hamburguesa!
¡La salud es muy marrana!

*Prefiero, para mañana,
dejar la comida sana.*

Ni chacinas ni pasteles,
ni salsas ni besameles,
ni vinos ni moscateles...
¡Esa vida es inhumana!

Prefiero, para mañana,
dejar la comida sana.

Sin comer más de la cuenta,
se llega hasta los ochenta.
¡Tendrás una vida hambrienta
más negra que una sotana!

Prefiero, para mañana,
dejar la comida sana.

Tomar escaso sustento
la vida alarga ¡al momento!
Los días, si estás hambriento,
¡te parecerán semanas!

Prefiero, para mañana,
dejar la comida sana.

Desde tiempos ancestrales,
las verduras son fatales.
El origen de los males
fue morder una manzana.

Prefiero, para mañana,
dejar la comida sana.

¿El amor es el colmo de los males?
El gato lo cuenta en cinco vocales

Con la a
¡mi amor está acá!
Con la e
¡siempre te querré!
Con la i
¡gata, ven a mí!
Con la o
¡bien te quiero yo!
Con la u
¡mi amor eres tú!

Con la a
llorar y llorar...
Con la e
¡te voy a perder!
Con la i
¡me toca sufrir!
Con la o
¡qué espanto, qué horror!
Con la u
¡se apaga la luz!

Con la a
¡pues déjame en paz!
Con la e
¡no te lloraré!

Con la i
¡vete por ahí!
Con la o
¡no te quiero, no!
Con la u
¡tururú tutú!

Por simple que parezca un cumpleaños, siempre puede acabar de un modo extraño

Resulta que el marqués,
que es un hombre atento y enamorado,
y bastante cortés,
quiso celebrar (¡cosa muy hermosa!)
el cumpleaños de su santa esposa,
¡una fiesta para cien invitados!
En verdad, el marqués lo llamó *brunch*,
que no es igual que un *lunch*...
(Como no sé inglés y soy un hortera,
un *lunch* a mí me suena a mortadela.
El marqués es muy fino y sabe idiomas,
aunque no sepa bien lo que se coma).
La fiesta, no lo he dicho, era sorpresa:
de guardar el secreto di promesa.
Al llegar el día del cumpleaños,
sacamos de la casa a la marquesa
con algunos engaños,
para decorar bien todo el jardín.
Guirnaldas, flores, luces de colores,
música de violín
y canapés de todos los sabores.
El señor marqués estaba dichoso:
¡todo estaba reluciente y precioso!
Puntuales, y a su hora,
a la una llegaron los invitados...
¡Si vieran la cara de la señora,
con el gesto pasmado,
feliz y sonriente,

al ver a tanta gente
reunida para su celebración!
Entre tanta emoción,
sonó como una música de orquesta
¡y comenzó la fiesta!
Salieron en fila los camareros
con aspecto festivo
y mil aperitivos:
chuletas de cordero,
tartaletas de chope,
adobados filetes
y pizzas de paquete...
Había de todo: gambas con pisto,
caviar, jamón, morcilla,
diez tipos de tortilla,
acompañadas de caldos y copas
que cayeron en un visto y no visto.
La gente se estaba poniendo guarra
¡con el morcón y con la butifarra!
Y no es por dar estopa,
pero ¡vaya cómo comen los nobles!,
mucho más que muchísimo: ¡el doble!
Sí, sí, era gente de mucha clase,
mas se bebieron hasta los envases...
En fin, la fiesta marchaba muy bien
(incluso afirmaría
que la marquesa ya estaba en su «salsa»
si no fuese porque los invitados
con las salsas acabaron también).
Pero llegó el fatídico momento,
cuando todo el mundo estaba contento,

verán lo que ocurrió.
El marqués de improviso apareció
con una tarta de enorme tamaño
con velas y fuegos artificiales,
y todos empezaron a cantar
eso de... «feliz, feliz cumpleaños...».
Pero por esos deslices fatales,
por un fatal desliz,
la tarta tenía, muy bien visible,
el número cuarenta.
¡Ay, cuarenta, cuarenta...!
El cuarenta es un número irascible,
así al menos se puso la marquesa:
poner su edad en la tarta no fue
una idea brillante,
ni tampoco una agradable sorpresa.
La marquesa reía, mas por dentro
tenía un no sé qué
de sofoco y tormento.
El marqués, pobre hombre, se dio cuenta
de haber metido la pata hasta el cuello
y de que su esposa iría a degüello
y que le cantaría... las cuarenta.

Al acabar la fiesta,
la marquesa se fue a sus aposentos
y el marqués la siguió
con la carita hecha un esperpento...
De lejos se escuchó
al señor marqués pidiendo perdones:

«Mi amor, cuánto lo siento,
juro que eran buenas mis intenciones.
Por favor, no te lo tomes a mal,
eres la dueña de mis pensamientos,
me come por dentro el remordimiento
y me siento fatal».

Tras estos comentarios
sobrevino un largo, largo silencio.
Luego pasó algo extraordinario:
mientras yo tocaba un tema en el piano,
bajaron el marqués y la marquesa,
cogidos de la mano
muy acaramelados,
como dos jóvenes enamorados.
Y tomó la palabra la marquesa
y les dijo a sus hijos y a sus suegros:
«Os pido disculpas por este enfado.
Hoy me he sentido como una princesa,
gracias por haber estado a mi lado,
gracias por ser buenos suegros y hermanos.
Me alegro de teneros, sí, me alegro.
Mi esposo me ha regalado
un hermoso poema
que tiene mi corazón cautivado».
La familia se fundió en un abrazo
y yo seguí aporreando el piano
con las notas de un rondo veneciano,
aunque nadie me hiciera mucho «cazo».

Con un lenguaje muy poco ordinario, Remedios se confiesa en su diario

> No soy la chica indefensa
> a quien le gusta contar
> sus problemas.
> Pero son tontos si piensan
> que yo solo puedo hablar
> con poemas.
>
> No soy ningún bicho raro,
> aunque de mí digan cosas
> innombrables.
> Lo diré bien alto y claro:
> ¡cuando quiero, hablo en prosa!
> ¿Quieren que hable?

Puedo hablar en prosa, no tengo ningún problema. La prosa, en general, es aburrida y tiene poco mérito. Cualquiera habla en prosa, cualquiera habla desde la costumbre, por rutina o por inercia, cualquiera habla sin que las palabras se iluminen al pronunciarlas. ¿Y por qué tengo que renunciar a mi forma de hablar, por qué tengo que renunciar a ser como soy? ¿Porque se meten conmigo? ¿Porque no soy igual que ellos? ¿Acaso ellos pueden expresar lo que sienten como lo hago yo? ¿Acaso ellos pueden consolarse con la música de las palabras?

Yo hablo como me da la gana, como me gusta, como siempre he hablado, como siempre ha hablado mi familia... Tampoco es que me guste especialmente defender a mi familia. Mi madre ya no se acuerda de lo difícil que es estudiar en un instituto donde tratan como apestados a la gente que escribe o que le gusta leer. ¿Tan peligrosos somos? Mi padre es un hombre cariñoso pero un poco anticuado, y vive en su tienda de antigüedades, feliz y contento, con sus palabras viejas y sus libros llenos de polvo.

A veces, me gusta hacerlo rabiar y le hablo en versos libres.

–Papa –le digo–:

>hoy me ha abandonado la música
>el polvo de las estrellas
>no creo en la poesía no creo en los colores
>del cielo
>   no creo en las tardes
>incendiadas por la melancolía
>en el recuerdo
>de un susurro al oído
>no creo en nada
>   no creo
>Quisiera temblar con las ramas al viento
>pero un torbellino de palabras
>   tristes
>desocupa los estantes de mi mente
>in-
>   útil
>   mente
>   en
>   vano
>me he quedado sin palabras y apenas
>logro expresar

este remolino de senti-
miento
      ro-
      to
    he perdido la llamada de las noches grises
y no creo.

Mi padre se cabrea cuando me escucha hablar en prosa, aunque sea poética, pero no me dice nada y se da media vuelta refunfuñando. Tal vez me gustaría que me prohibiera hablar como hacen los otros, pero él sabe que nada de lo que se impone puede triunfar. Por eso lo quiero, a pesar de que siempre estamos riñendo, a pesar de que es un viejo gruñón, porque él me enseñó a amar las palabras y la verdad que se oculta en ellas. Por eso voy a buscarlo a su habitación y si lo veo un poco triste le repito aquellos versos de Bécquer que me leía de pequeña:

> *Mientras haya unos ojos que reflejen*
> *los ojos que los miran;*
> *mientras responda el labio suspirando*
> *al labio que suspira;*
> *mientras sentirse puedan en un beso*
> *dos almas confundidas;*
> *mientras exista una mujer hermosa,*
> *¡habrá poesía!*

**El gato Ricardo parece lelo,
pero entre frase y frase
nos va a dar una clase
porque de tonto no tiene ni un pelo**

    Un paté muy malo no es «patetismo»,
    ni un seis tembloroso… es un «seísmo».
    No es igual ni lo mismo.
    La rana en el mar no es una marrana
    ni un pájaro simple es una avellana.
    Que no, que no es lo mismo.
    Un mono pintor no es un monográfico,
    ni un relato muy sano es biográfico.
    No es igual ni lo mismo.
    Tener un buen cálculo no es igual
    que tener un culo lleno de cal.
    Qué va, que no es lo mismo.
    Si los números se llaman guarismos,
    un número sucio no es un «guarrismo».
    No es igual ni lo mismo
    decir que se avecina la tormenta
    que decir «la vecina se atormenta».
    No es igual ni lo mismo
    que te den una pedrada de nada
    a nadar con una buena pedrada.
    Y me callo, ahora mismo…

        (Pero antes de acabar, yo me pregunto:
        ¿por qué «todo junto» va separado
        y «separado», ¿eh?, va todo junto?).

En el colegio invitaron al abuelo, que dio una charla que causó gran revuelo

Queridos estudiantes y estudiantas
(¿Se dice así, verdad? No estoy seguro):
Cuando me pongo a hablar, nadie me aguanta;
como además me duele la garganta,
ya en el inicio a acabar me apresuro.

Aunque yo soy una persona amable,
y a veces incluso un poco alocada,
en el cole nunca saqué un notable,
pues mi vida es muy poco presentable
y no sirvo de ejemplo para nada.

La gente es perfecta, en sus pensamientos,
y su vida es una gran aventura.
Pero yo el pasado no me lo invento
porque casi siempre viví del cuento
y siempre tuve un punto de locura.

No me enrollaré y haré ese favor,
ni os daré la brasa con mis andanzas.
Para enseñaros, ya está el profesor,
que para eso él ya es mucho mejor,
y os contaré algunas adivinanzas:

Un ojo para Cuenca,
otro para Teruel,
entonces dices ocho
¡y te sale un pastel!

Si nadie lo sabe, no lo reprocho,
pero no es tan difícil... ¡El bizcocho!

Es verde por fuera
y verde por dentro.
Si no lo adivinas...
¡me importa un pimiento!

El niño feúcho lo ha adivinado:
¡es el pimiento...! ¡Estarás agotado!

Ella vive en la sabana
y nunca estuvo en Irlanda,
porque necesitaría
treinta metros de bufanda.

Lo ha adivinado el niño de las gafas;
en efecto, chaval, es la jirafa.

Tanto el izquierdo
como el derecho,
si hace calor...
¡huelen a queso!

¡Algunos no lo sacan ni en un mes...!
Espabilad, chavales, ¡son los pies!

Que los torpes no pierdan la esperanza:
aún me quedan varias adivinanzas.

¡A ver si tienes vista!
Tenemos tres:
dos en la cara y otro
¡que no se ve...!

Veo al profesor con cara de enojo;
no lo explicaré, pero son los ojos.

Como veo al maestro contrariado,
con esta damos ya por terminado:

Si de la papa sale
una papilla,
y de la torta sale
una tortilla...
Y si del bolso sale
algún bolsillo...
Dime qué es lo que sale
de... ¡un anillo!

¡Es el dedo! ¿En qué estabais pensando?
Adiós, muchachos, ya salgo pitando.

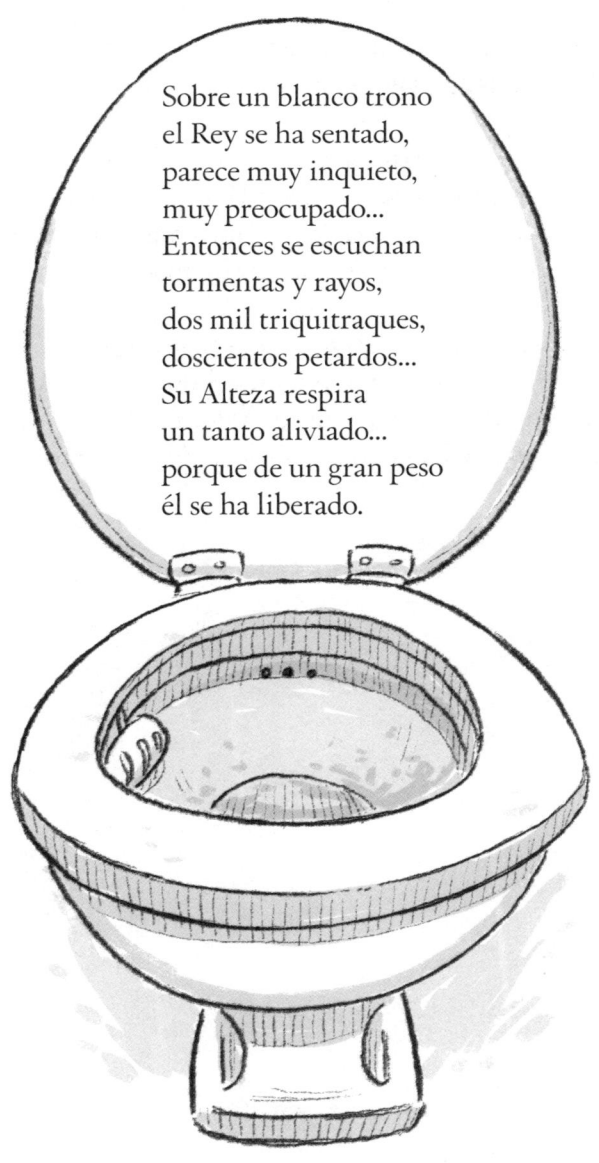

Sobre un blanco trono
el Rey se ha sentado,
parece muy inquieto,
muy preocupado...
Entonces se escuchan
tormentas y rayos,
dos mil triquitraques,
doscientos petardos...
Su Alteza respira
un tanto aliviado...
porque de un gran peso
él se ha liberado.

Ricardo recita, tras la pedrada, un trabalenguas que no dice nada

Versos de coscorrones escritos con sofoco,
con rimas cascajosas concordadas con moco,
mis versos son cascarrias que duelen mucho y poco,
que soy un gato loco no negaré tampoco.

La gata de mis sueños se ensaña en el engaño,
y escribo versos ñoños mientras lloro en su paño
lagrimitas de gato de muy grande tamaño.
Con estos trabalenguas dan ganas de ir al baño.

**El marqués, hombre culto,
escribe un acróstico
con un mensaje oculto**

Los versos esconden un misterio
Atrapado en las letras primeras.
Prueba a sacarlas del cautiverio

Oh, ¡y reluce la primavera!
Este mensaje está soterrado,
Secreto en la verdad verdadera,

Imposible es dejarla de lado
A quienes leen como poetas.
Está en la risa de enamorado,

Suspiro que mueve los planetas.
Mira el misterio que se adivina
Al son de la COLUMNA secreta.

Gracias por saltar de la rutina
Inventando otra vez las palabras.
Contigo, la noche se ilumina:
Adivíname... Abracadabra...

**Ripio y el abuelo son ¡dos perros viejos!,
e intercambian bromas, chanzas y consejos**

Ripio: Rigoberto, buenos días,
tiene usted mejor aspecto
cada día.

Rigoberto: ¡Muy amable por tu parte!
Veo que como embustero
tienes arte.

Ripio: Me gusta ser educado,
pues si digo la verdad
¡voy mal dado!

Rigoberto: ¡Salgamos ya de paseo
y dejemos para luego
el aseo...!

Ripio: Si fuese tan sano el baño,
los peces del mar tendrían
¡dos mil años!

Rigoberto: ¡Yo en el baño soy vikingo,
porque solo me remojo
los domingos!

Ripio: A quienes aman limpiar,
mi forma de amarlos es
¡ensuciar!

Rigoberto: ¡Qué razón tienes, amigo!,
por eso nunca recojo
tus boñigos.

Ripio: Le invito a un aperitivo,
pero soy perro y no tengo...
efectivo.

Rigoberto: ¡A mí me gusta invitar!
Lo que no me gusta nada
es pagar.

Ripio: Lo que no me gusta nada
es el trabajo, señor...
¡nada, nada!

Rigoberto: Haz las cosas siempre mal
y nadie te mandará
trabajar.

Ripio: ¡Haga mal lo que usted quiera,
pero, por favor, camine
por la acera!

Prudente, el que el riesgo evita.
¡Cada vez los coches pasan
más cerquita!

Rigoberto: Ripio, no tengas apuro:
si alguien te atropella tengo
un seguro.

Ripio: Pues me quedo más tranquilo.
Si hay que palmarla, mejor
¡con estilo!

Rigoberto: Para estar siempre conmigo,
te llevaré a disecarte,
buen amigo.

Ripio: Con esta conversación,
señor, me ha venido un re-
tortijón.

Rigoberto: ¡Pues hazlo entre esos matojos!,
porque sabes que tus cosas
no las cojo.

Ripio: Ya sé que es usted un figura,
mas si nos pillan la multa
es segura.

Rigoberto: Prefiero pagar la multa
a limpiar lo que de ahí dentro
te resulta.

Ripio: Pues hablando de cagadas, la cena debe estar ya preparada.

Rigoberto: Vayamos de vuelta a casa, pues sabemos que la cena es escasa.

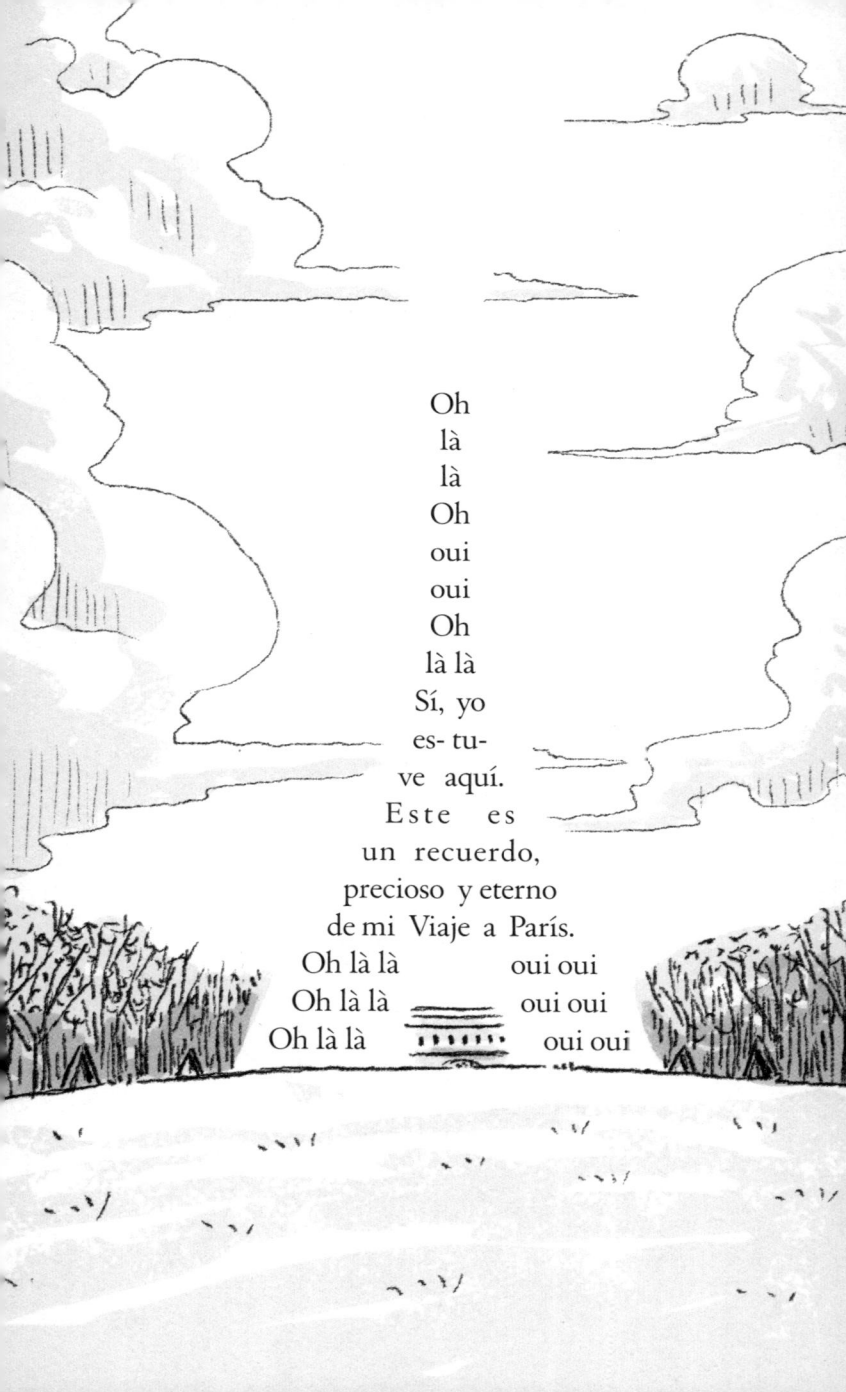

**La abuela, aunque es una persona humilde,
hoy se ha levantado con mala tilde**

A veces me levanto un poco esdrújula,
intrépida y estrambótica y tétrica,
espléndida, simpática y simétrica,
y con una pelambrera de brújula.

Las esdrújulas dan un hipo hípico,
hip, hip, un hipo bastante patético,
hip, hip, y todo me sale hipotético
y no pa-paro de dá-darle al pí-pico.

A veces me levanto tan histriónica,
tan mísera, hiperbólica y lunática,
tan esdrújulamente supersónica,

que me enrollo y me enrollo con la plática,
hasta que pongo cara de cotorra...
y a mi Esdrújulo lo mando a la porra.

Al gato le han dado con un ladrillo y, aturdido, compone un sonetillo

A veces
los versos
son peces
traviesos.

De pronto
están,
y pronto
se van.

La llama
suspira
de amor.

Te llama
la inspira-
ción.

**Para Genaro, el colmo de los males
es una visita con los Rimaldi
a alguno de esos centros comerciales**

    Nuestra familia ha pasado la tarde
    en unas galerías comerciales
    buscando por las tiendas los regalos
    para las Navidades.

    Estaban todos sin faltar ninguno,
    pues es una costumbre familiar;
    cuando llegan las fiestas, un Rimaldi
    es muy tradicional.

    El primero de los muchos problemas
    fue entrar en el *parking* para aparcar;
    el marqués, el pobre, estaba perdido,
    como aguja en pajar.

    –En estos sitios tan grandes me pierdo;
    no soy capaz ni de encontrar el baño
    –se lamentaba el señor, resignado,
    como todos los años.

    –Si te pierdes –le decía su esposa–,
    pregunta a un guardia de seguridad;
    él llamará a la policía y ya
    te iremos a buscar.

Al señor marqués poquísima gracia
le hacían todas estas ironías,
pero, por no tener bronca, callaba
y hacía que no oía.

Se dieron tiempo para hacer las compras
y en la cafetería se emplazaron:
–Nos encontramos dentro de dos horas
con todos los regalos.

Yo me sacrifiqué, como sirviente,
y los esperé en la cafetería.
«Empezaré el sacrificio pidiendo
una cerveza fría».

Al rato, fueron llegando con bolsas
que a mí, por costumbre, me iban dejando.
«¡Por Dios, me han visto cara de camello
cargado de regalos!».

Cada uno había comprado un regalo
–mejor cuanto más feo e inservible–,
y lo regalaban en Nochebuena...
¡al amigo invisible!

Aunque de sorpresa no había nada,
sin verlos, ya me sabía el resumen:
corbata para el padre y, como siempre,
a la madre... ¡un perfume!

A Remedios, un libro de poemas,
y a Raúl... pues unos zapatos blancos.
Aunque esta vez los zapatos tenían
un poquito de zancos.

Con Rigoberto sin duda acertaron;
el abuelo todo se lo merece,
y para que no vaya tan perdido,
le tocó un GPS.

Por cierto que tuvimos que buscarlo
en los probadores de las señoras.
Sus excusas fueron que aún no habían
pasado las dos horas.

Al entrar todos en el ascensor,
ya tuvimos una contrariedad,
pues con el calor y las estrecheces
olía a humanidad.

Se ve que algún miembro de la familia
tuvo un desliz, una necesidad,
y un olor como de huevos podridos
nos tiró para atrás.

El marqués, sin perder la compostura,
dijo sereno: –Es un desliz humano,
pero en las pituitarias yo me noto...
la fuga de metano.

Entonces se formó un agrio debate
(«de váter», con más rigor, yo diría)
sobre quién podría ser el autor
de aquella fechoría.

El problema, en el fondo, era que el coche
estaba aparcado en la última planta,
y el ascensor (¡eso nos parecía!)
¡qué lento que bajaba!

La abuela, que padecía de náuseas,
dejó visible que estaba afectada
y, de buenas a primeras, la pobre,
se le vino una arcada.

Ensaladilla, queso, papas fritas,
vermú y arroz con leche con canela.
Fue sin preguntar, y todos supimos
el menú de la abuela.

Entramos en la fase de empujones,
venga a la derecha, venga a la izquierda,
y cuanto más intentaba limpiarme,
tenía aún más mierda.

El marqués tomó las riendas del tema
en todo aquel ambiente tan hediondo:
–Calmaos, por favor, silencio y calma,
y respiremos hondo.

El abuelo, que siempre está de broma,
replicó a su hijo, con mucho tacto:
–Si obedecemos al pie de la letra,
¡morimos en el acto!

Antes de que el tema fuese a mayores,
atrapados en aquel torbellino,
el artefacto al fin abrió sus puertas
¡y llegó a su destino!

Aquella bocanada de aire fresco
fue la cosa más feliz ocurrida.
Tanto que considero ese momento
el mejor de mi vida.

Tras limpiarnos con bastante zozobra,
volvimos a casa, todos muy serios.
Era de esas raras y extrañas veces
que es mejor el silencio.

En los días siguientes no se habló
ni nadie dijo nada del asunto.
(Yo sé quién fue el autor pero, sin pruebas,
lo dejaré en presunto).

Lo bueno es que, al llegar la Nochebuena,
la familia estaba de buen humor,
como si en el recuerdo no quedara
¡ni rastro del olor!

Y entre platos recordamos la escena,
sin poner reparos ni cortapisas,
y al llegar al postre, a todos nos dio
un ataque de risa.

El marqués lo dijo con mucho tino:
—A veces lo que te parece duro
solo será una oportunidad para
reírte en un futuro.

Reme quiere celebrar el día del orgullo de la poesía

Ni somos ignorantes,
ni somos los más listos,
ni somos muy normales,
ni somos muy distintos,
ni somos muy cargantes,
ni los más divertidos,
ni somos gente rara,
ni somos aburridos.
Nos gustan los poemas,
¡no es ningún delito!,
no nos hace mejores
ni tampoco unos bichos...
Nos gustan las novelas,
desde el fin al principio,
porque en sus personajes
encontramos amigos.
Nos gusta la lectura,
nos encantan los libros,
y nos gusta escribir,
sin dar ningún motivo.
¿Tan malo es escribir?
¿Qué, qué pasa si escribo?
¿Hacen peor el mundo
acaso mis escritos?

Por eso con orgullo
celebramos el día
del orgullo poeta,
¡viva la poesía!

El señor marqués, como buen colofón, se suma gustoso a la celebración.

> La gente de palabra,
> de esa gente me fío,
> me fío de la gente
> que confía en los libros.
> Leemos los poetas,
> los nuevos, los antiguos,
> los leemos con gusto,
> los leemos con brío,
> y en sus textos hallamos,
> en la selva, un camino.
> Garcilaso, belleza,
> elegancia y estilo.
> Quevedo es un cachondo
> lenguaraz y satírico.
> Góngora es muy profundo
> y un poco retorcido.
> Bécquer es el amor,
> es un tierno suspiro,
> un amor juvenil
> y un amor ya perdido.
> Espronceda, un pirata,
> un bribón, un bandido,
> un tierno enamorado
> y un feroz torbellino.
> Un poeta genial,
> elegante, exquisito,
> él se llama Rubén,
> su apellido es Darío.

Después está Machado
con sus versos sencillos,
y una pena profunda
hecha con versos limpios.
¿Y qué decir de Lorca?
¡El genio Federico!
Sus versos son el sueño
del amor y el delirio.
Y Juan Ramón Jiménez
con su tierno burrito,
y Cernuda, Aleixandre
son poetas divinos...
Cuántos, cuántos poetas
para poder vivirlos.
Lee, escribe, disfruta,
asómate a los libros,
vive, ama, imagina
y cambia tu destino.

          Por eso con orgullo
          celebramos el día
          del orgullo poeta,
          ¡viva la poesía!

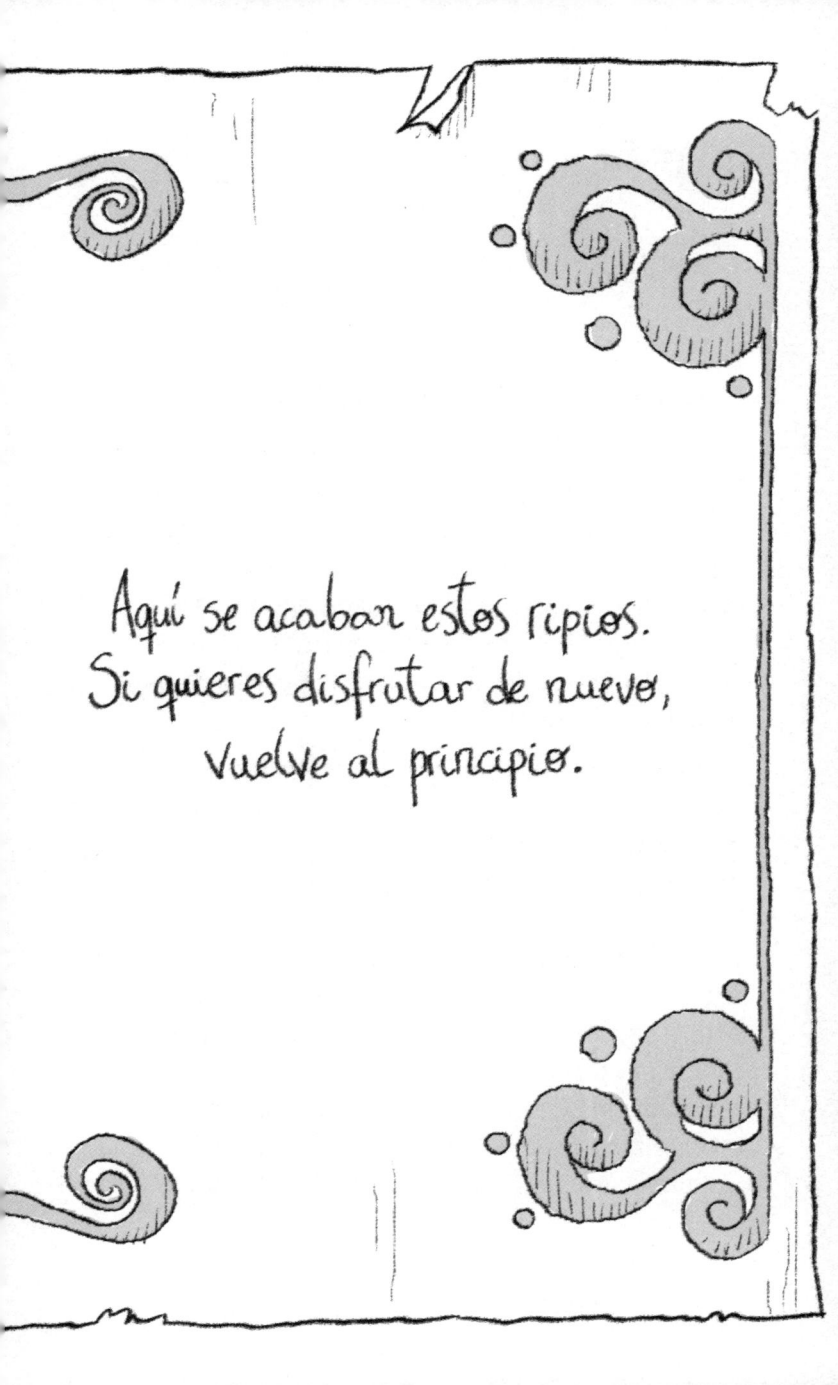

TE CUENTO QUE PABLO TAMBUSCIO...

... lee todo lo que tiene a su alcance desde muy pequeño. Su abuela le obsequiaba con revistas y libros repletos de cuentos, poesías e ilustraciones. Uno de sus juegos favoritos siempre fue dibujar, y no hubo esguince de grado quince que lo detuviera. Dibujaba en la escuela, en su casa, con su hermana (cuando no estaban haciendo travesuras o peleando), escuchando música, imaginando mundos de fantasía...

Tal es así que, a día de hoy, sigue jugando y pasa sus mañanas, tardes o noches garabateando sin pausa. Realiza muchas ilustraciones con ayuda de su ordenador, aunque prefiere navegar en el mar antes que en internet.

Pablo Tambuscio (Buenos Aires, Argentina, 1981) estudió Artes Visuales en el Instituto Universitario Nacional del Arte, y desde 2003 se desempeña como ilustrador e historietista, colaborando en libros infantiles y juveniles, publicidad, cine y televisión. Su trabajo ha sido publicado en Argentina, España, México, Puerto Rico, Brasil, Canadá, Colombia, Irlanda, Polonia, Grecia, Austria y China.

TE CUENTO QUE JOSÉ ANTONIO FRANCÉS...

... es profesor de lengua y escritor
(¡el pobre no encontró nada mejor!).
Tuvo un deseo siendo muy pequeño:
ser un escritor, ¡ese era su sueño!
En el insti comenzó a escribir rimas,
¡más malas que una tarta de sardinas!
De todas las chicas se enamoraba,
¡y ya con sus versos las espantaba!
No se rindió nunca, a pesar de todo,
y siguió escribiendo codo con codo.
El sacrificio tiene mala prensa,
pero el esfuerzo tiene recompensa.
También la suerte sonrió a Francés
y un día conoció al señor marqués.
Hablar con los Rimaldi ¡daba gloria!
y, en verso, escribió toda su historia.
Desde entonces es un escritor de fama,
¡y lo reconocen hasta en pijama!
Con los miles de libros que ha vendido,
cumplió su sueño ¡sin estar dormido!
Pero esto... forma parte del futuro:
¡lo que se ansía, se cumple seguro!

Si te ha gustado este libro, visita

www.literaturasm.com

Allí encontrarás:

- Un montón de libros.
- Juegos, descargables y vídeos.
- Concursos, sorteos y propuestas de eventos.

¡Y mucho más!

Para padres y profesores

- Noticias de actualidad, redes sociales y suscripción al boletín.
- Propuestas de animación a la lectura.
- Fichas de recursos didácticos y actividades.